Con todo mi amor para Rafa y Nico, que convivieron con mis encantadores fantasmas, mientras yo los retrataba.
Y lo hicieron con paciencia, alegría y muchos besos.

Manual de Casas Encantadas

© 2012 del texto y de las ilustraciones: Mónica Carretero
© 2012 Cuento de Luz SL
Calle Claveles 10 | Urb Monteclaro | Pozuelo de Alarcón | 28223 Madrid | España
www.cuentodeluz.com

ISBN: 9788415241003

Impreso en China por Shanghai Chenxi Printing Co., Ltd. octubre 2012, tirada número 1325-01

Un nuevo cuento de la serie MANUALES:

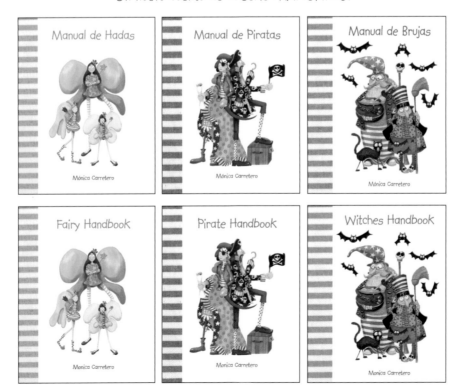

Mónica Carretero

Manual de
Casas Encantadas

CUENTO
DE LUZ

La señora Muac ,
cansada de vivir en la ciudad, decidió comenzar
una nueva vida en un lugar más tranquilo, en el campo, junto al mar.
Empezó a buscar una casa donde vivir. Miró por aquí y por allá.
«¡Qué precios tan elevados!», pensó.
Estaba un poco desanimada cuando, de repente, mientras paseaba con su
hijo, descubrió la *Inmobiliaria Encantadora*,
llamada así porque alquila Casas Encantadas.

—¡¡Querida, vinieron al lugar perfecto!! —dijo con entusiasmo la propietaria de la inmobiliaria—.
Las casas que les voy a mostrar son divinas y seguro que encontramos la que se adapta a su presupuesto. Les aseguro que son casas con mucho encanto...

—Ay... no sé, no sé. Vivir en una Casa Encantada... —dijo la señora Muac—. No creo que sea muy apropiado, pero necesitamos algo bonito, tranquilo y económico.

—¿Que no es apropiado? -preguntó con gran estrépito la dueña de la Inmobiliaria Encantadora—. Querida, estoy convencida de que son estas casas las que usted anda buscando, las que se van a adaptar a sus necesidades. Usted y su hijo nunca se sentirán solos...

¿Qué teme, a los fantasmas?

¡¡Oh!! ¡¡Ni se le ocurra!!! Los fantasmas de estas casas son inofensivos, tienen una personalidad muy transparente. Le aseguro que son todos de plena confianza. Les daré una serie de recomendaciones para tener en cuenta y visitaremos algunas de las casas. Podrán verlas de arriba abajo, de un lado al otro. Podrán subir por allí, y bajar por allá. Todo lo que necesiten para que, cuando se decidan, tengan la seguridad de que la casa elegida será su verdadero hogar.

¡¡Empecemos!!

¿Qué es una Casa Encantada?

Una Casa Encantada es, simplemente, una casa en la que viven fantasmas.
Las Casas Encantadas por lo general están cochambrosas y deshabitadas.
A los fantasmas les encanta la soledad, y durante los primeros días hacen lo imposible para que los futuros inquilinos salgan corriendo con un miedo infinito metido en el cuerpo. Huyen despavoridos sin mirar atrás, y no volverán jamás de los jamases. De ahí la famosa expresión de cuando vemos que alguien corre despepitado: "¡¡Parece que ha visto un fantasma!!"
Los fantasmas quieren vivir tranquilos, solos.

Al fin y al cabo... ¡ellos estaban antes ahí!

Pero también hay Casas Encantadas encantadoramente
cuidadas, bien porque están habitadas o porque sus fantasmas se encargan de tenerlas como los chorros del oro. Aquí vemos un ejemplo de
armonía entre fantasmas e inquilinos. Tras un par de meses de sustos,
desencuentros y gritos, la armonía venció
al miedo; la buena convivencia, al desastre.

Nota: Solo tres de cada diez experiencias como ésta resultan satisfactorias.

Lugares comunes que pueden encontrar en todas las Casas Encantadas. Cuanto más sepan de ellos más rápida será su adaptación y mejor informados estarán. Veamos:

1. Espejos mentirosos.
2. Objetos animados.
3. Casas que se convierten en «casas fantasma» las noches de luna llena.
4. Ventanas rotas con visillos al viento.
5. Gente que corre despavorida por los alrededores.
6. Timbres vociferantes.
7. Documentación sobre antiguos propietarios.
8. Puertas secretas, puertas cerradas con llave y candado, puertas sospechosas, puertas y más puertas...
9. Ruidos inexplicables.

Tipos de fantasmas:

Pero lo que nunca falta, lo que jamás extrañarán en una

Casa Encantada son los fantasmas.

En esta selección fotográfica pueden ver algunos:

1. Fantasmas de cuadro.
2. Fantasmas de sábana.
3. Sombras fantasmales.
4. Espectros de carne y hueso.
5. Espectros tipo holograma.
6. Fantasmas de ventana.

Ya sabemos qué y a quién nos podemos
encontar en una Casa Encantada.
Ahora, querida señora Muac , y antes
de empezar a visitar casas...
¿Serían capaces usted y su hijo de decirme cuántos
fantasmas hay en este salón?
Observen bien, cuenten tranquilos y una vez resuelto
este enigma podremos empezar nuestras visitas.

Solución: Hay 14 fantasmas y un gato sonámbulo.

La **Mansión Colorada** es la
primera casa que visitaremos, situada en plena campiña inglesa
y a dos días de viaje (en carro de caballos) de Londres.
Estoy segura, señora Muac, de que les enamorará su jardín, sus ocho
habitaciones, una cocina completamente equipada, el salón con tres
chimeneas, la biblioteca con estanterías tipo «pasadizo secreto»,
el típico desván cerrado a cal y canto, el habitual sótano al que
nunca bajas, por si las moscas, calefacción de carbón...
¡Ah! ¡¡Y doce cuartos de baño!!

La **Mansión Colorada** era maravillosa, un sueño...
Pero ya desde la primera noche, ni la señora Muac ni
su hijo consiguieron pegar ojo. La cama —cualquier
cama, de cualquiera de las ocho habitaciones—, se les
quedaba pequeña. Muy, muy pequeña...
Decidieron que descansar y dormir de un tirón era
sumamente importante para ellos, así que debían
buscar otra casa. Llamaron a la dueña de la
Inmobiliaria Encantadora
y se pusieron en marcha.

Villa Tarambana: su colorido y
originalidad los dejarán sin palabras. Es una casa
alegre, divertida, quizá algo estrafalaria...
Y aquí los fantasmas tienen sus propias
habitaciones.

Y sí, sí. La señora Muac y su hijo se quedaron sin palabras pero ¡¡porque no podían parar de gritaaaaaar!! Escaleras que subían al piso y que bajaban al techo, puertas que te adentraban al vacío, pasillos interminables en los que avanzabas sin saber si tus pies estaban arriba o abajo, delante o detrás. Ni bien cruzabas el umbral de la puerta de Villa Tarambana el vértigo y los mareos se adueñaban de tu cuerpo. Para un rato de «diversión», bueno... Pero ¿vivir allí? ¡Ni locos!

Castillo de Canterflús

—¿No me digan que nunca soñaron con vivir en un castillo? —preguntó la dueña de la *Inmobiliaria Encantadora* —.
Este es un ejemplo de castillo encantado habitado. Desde hace siglos la familia Malencarada se encarga de su mantenimiento. Son gente entrañable...

Pero miren, miren: dieciocho salones enormes con tapices y armaduras, cinco torres con una rueca en lo alto, mazmorras, chimenea en todas las habitaciones... En la última reforma, por fin, incluimos un cuarto de baño. «¿Un solo cuarto de baño?», se preguntó la señora Muac.

Resultó que daban más miedo los vivos que los fantasmas. El ama de llaves los miró mal desde que entraron. Cuando andaba, el mayordomo hacía sonar las cadenas que ataban una enorme bola a sus pies. Todas las comidas que les servían hablaban, movían los ojos, o abrían y cerraban la boca.

—Mamá, prefiero una casa más pequeña —dijo el hijito de la señora Muac , mientras miraba de reojo a un besugo que no le quitaba ojo.

—Dejé para el final la casa que creo que les va a encajar a la perfección, querida señora Muac —dijo la propietaria de la inmobiliaria—. Se trata de La Casita del Faro, junto al mar, en lo alto de una colina, rodeada de árboles y flores. Tres habitaciones, salón con chimenea, cocina abierta al comedor, ventanales por todas partes, porche con vistas al atardecer, dos cuartos de baño y un fantasma pirata con su mamá.

«Mmmm... dos cuartos de baño. Eso es perfecto.», pensó la señora Muac.

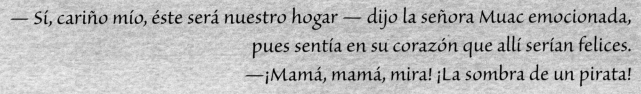

— Sí, cariño mío, éste será nuestro hogar — dijo la señora Muac emocionada,
pues sentía en su corazón que allí serían felices.
—¡Mamá, mamá, mira! ¡La sombra de un pirata!

Ay... ¡qué felices fueron la señora Muac y su hijo en la Casita del Faro! El fantasma pirata resultó de lo más encantador. Todos los días contaba historias increíbles y su mamá era de lo más discreta, pues se trataba de un fantasma de sombra. Hacía unos pasteles tan ricos...

La señora Muac y el pirata se llevaban muy bien, tanto que hasta llegaron a quererse, pero eso es otra historia.

Al final, qué buena idea fue ir a la *Inmobiliaria Encantadora* a buscar una casa donde vivir. ¡Al fin y al cabo hay fantasmas muy buenos!

Laberinto encantado

Busca el camino que lleva al hijo de la señora Muac a ver a su amigo el fantasma.

Sopa de letras

Encuentra ocho palabras relacionadas con casas encantadas.

```
c a s t i l l o a i
h r u f a o g k r d
i a r a e m e a m p
m a c n c a s a a e
e m i t a f a r d r
n n e a a n a n u r
e a e s p e c t r o
a a a m a u o a a a
f n g a t o a a a ñ
e a o l a o g a t o
```

Solución sopa de letras: casa, fantasma, espectro, castillo, chimenea, armadura, gato y perro.

Solución 7 diferencias: flor roja, flor de la puerta, aleta del pez, rabito del perro, nariz del perro, nariz del osito, pie de la mamá fantasma.

7 Diferencias

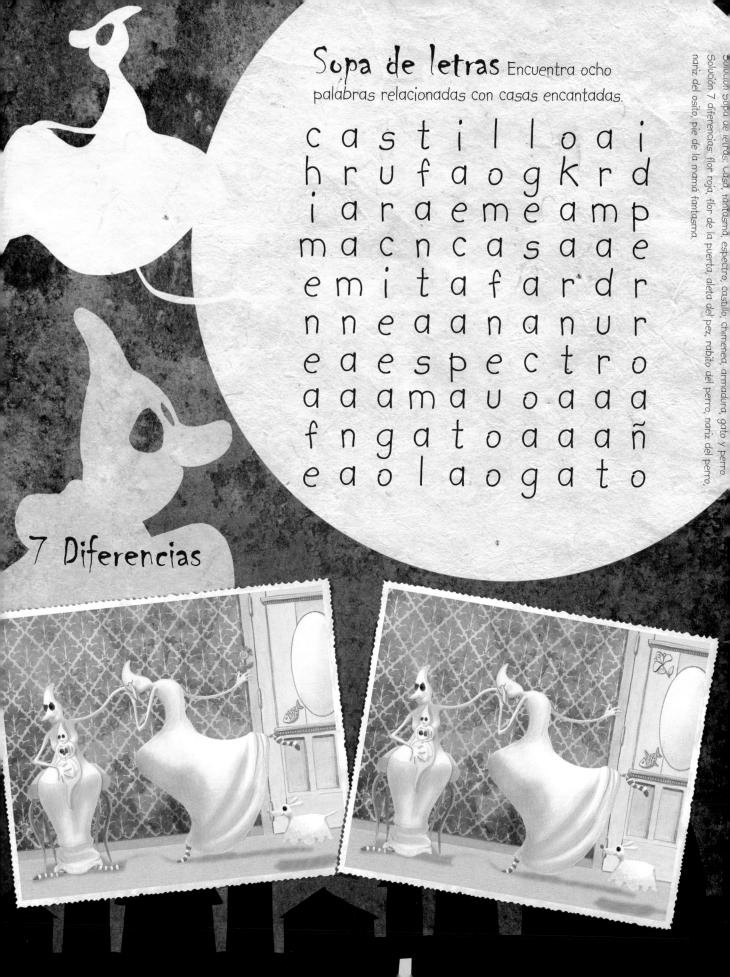